范伯子先生全集

范曾题

一

中國書店藏版古籍叢刊

清·范當世 撰

范伯子先生全集

范曾題

中國書店

據中國書店藏版
辛卯年春月重刊

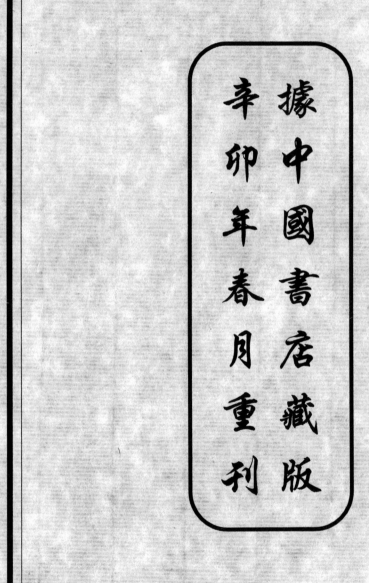

序

世有倜儻非常之人然後有犖确不群之文，閲文而知人，洞若觀火。法國先賢布封謂『風格即人』，真賅贍之論也。

先曾祖范伯子先生初名鑄，字銅士，後更名當世，字無錯，號肯堂、伯子。以咸豐四年甲寅（一八五四年）生於通州四步井老宅。其時國祚傾頹，庚申（一八六〇年）英法聯軍洗劫并火燒毁圓明園，民生既敝而文章猶存者，必有大世家大手筆於亂世中挽狂瀾於既倒，錢仲聯先生序《南通范氏詩文世家》中所云：『清代惜抱大桐城古文之派，以迄今日，厥傳未絶，以言詩歌則南通范氏其執吟壇牛耳者哉！』『南通范氏既高據詩界昆侖之巔，其一家之世業撰則，又不止於詩也』。錢翁，近世研究清詩第一人也，其所評述可謂一言九鼎。

南通范氏之系譜藏於中國圖書館《范氏支譜》（清范維璿編，咸豐五年范

氏敦素堂刻本），藏於蘇州圖書館《范氏家乘》及南通圖書館《通州范氏家譜》者皆於范氏系脈述焉詳核。上溯北宋范文正公仲淹先生至本人則爲二十九世，而南通范氏詩文有傳者可上溯明嘉靖年間之范應龍，是爲本人上溯十二世祖。自兹以還，歷范鳳翼、范國禄、范遇、范夢熊、范兆虞、范崇簡、范持信、范如松、范伯子、范罕、范子愚、范曾凡十三代四百五十年，中無間斷，此不唯中國文學史所僅見，亦世界文學史所未聞。其中范鳳翼、范國禄爲明末清初大家；范伯子爲清光、宣間巨擘，其他亦皆名聞於時。二〇一〇年文化部授予南通『范氏詩文陳列館』、『范氏詩文研究所』嘉獎狀，實盛世對傳統文化之重視，南通范氏以文化重鎮峙於江東，此民族之榮光，非窮奇輩所可撼動者。

范伯子先生於家族詩文中影響最著。汪辟疆《光宣詩壇點將録》中稱其爲『霹靂火秦明』，則五虎將之一也；而錢仲聯《近百年詩壇點將録》中則稱其爲『豹子頭林冲』，則五虎將之眉目矣。范伯子先生之親家江西義寧陳散原位居點將録之首，稱『及時雨宋江』，蓋非必彼時之地位也。散原翁與先曾祖之詩固自伯仲之間，彼時之大評家吴闓生則於《晚清四十家詩》列伯子先生爲首位，所謂評家於詩人從無定論，而伯子先生與散原先生兩峰并峻，其共

爲光、宣朝詩壇之領袖，則或無多疑。

對伯子先生詩文，晚清、近世碩彦高儒嘉許如潮，略舉數則以爲導讀：

錢仲聯：『吴閭生選晚清四十家詩，以伯子冠首。……其《過泰山下》詩云：「生長海門狎江水，腹中泰岱亦峥嶸」是何氣概雄且杰』。（《近百年詩壇點將録》）

陳散原：『蒼然放圤之氣，更往復盤紆以留之，蓋於太白、魯直二家通郵置驛。』（《三百止遺》序）

曾克耑：『覃及勝清之末，肯堂范先生卓然起江海之交，憂國憤時，發而爲歌詩，震蕩翕辟，沉鬱悲壯，接迹李、杜，平視坡、谷，縱横七百年間無與敵焉，洵近古以來不朽之作也。』（《晚清四十家詩鈔・序》）

吴汝綸：『文之道，莫大乎自然，莫妙於沉隱，無錯中年到此，則天下文章其在通州乎？』（《范伯子文集附家書三》）

范伯子以布衣，累試不售而名披天下，高據李中堂相府西席，而其詩中偶發議論，恐非居其位，盛其名不敢作如此説。如甲午海戰後，天下皆詈李鴻章之時，能於風雲中爲李辯者唯吴汝綸與范伯子耳。李既歿，伯子先生有聯云：『賤子於人間利鈍得失渺不相關，獨與公情親數年，見爲老書生窮翰林而已；

國史遇大臣功罪是非向無論斷，有吾皇褒忠一字，傳俾内諸夏外四夷知之。』盤屈回環，三致其意，豈是尋常作手。伯子先生以大名流而重真情誼，其時與通州城南籍仙觀潘道士友善，潘既羽化登仙，則有：『是嘗從吾游焉，一鶴孤舟，千叠愁心在江上；今并斯人亡矣，隻鷄斗酒，數行清泪灑城南。』凄惻清遠，令人泣下。

《范伯子傳》見於清史稿，今戴逸先生重修清史，有《范當世卷》，近世之所謂文學史家有不知伯子先生者，學界笑談何止於此。謹書數語於重刊《范伯子先生全集》前，爲先曾祖不朽之述作禱。

辛卯年春月　范曾

范伯子文集

吴闿生署

香光莊嚴室校刻

范伯子文集十二卷

浙西徐氏校刻

壬申十月浙西徐氏校刻

余自匡廬山居投故都有張君次溪持示其外舅徐蔚如翁所刊范伯子文集尋詩集末附姚夫人詩復刊成續以見寄獲畢讀焉先是伯子詩文集曾次第用活字排印未精善次溪謀諸徐翁易以雕版便廣流布垂久遠徐翁次溪於伯子非有故舊狎習乃承流嚮慕愛護遺著至此風誼高一世聞者莫不歎異之獨念伯子困諸生窮老不得志絶其身溺文字尤萃精力於所為詩其所獨成之境初忘未求喻甘苦同具澤顧沒後相望二三十年間遂得徐翁及次溪結契篇什預懼放失表章如弗及足騐氣類之感任俠之行不絶於天壤老夫對此固不僅為地下故人張目也乙亥伏日陳三立題記時年八十有三

范无錯先生傳

弟子徐　昂敬撰

范无錯先生諱當世號肯堂世爲南通儒族父如松孝子也先生少聰悟驚長老每晨爲母粥紗易米然後入塾補諸生後治許書與馬班范陳四史之學既絶意制舉遊學四方初聞藝槩於興化劉熙載已而受詩古文法於武昌張裕釗北遊冀州復從桐城吳汝綸研求文學時方喪前夫人吳以汝綸之介婿於桐城姚氏由是益摻討惜抱之精誼學業大進旋入北洋李文忠幕當是時文忠權勢奕奕而先生恣意詩歌感慨身世與海內賢豪倡和震蕩而排奡視祿秩微塵耳倦遊歸里謀鄉邑教育未幾病肺以淸光緒三十年十二月初十日卒年五十一鄉謚孝通弟鍾鎧並能文世稱通州三范先生性孝友而推仁於

知交故舊恆有終始扶植後進廣譽博喻眞意彌滿而其神思則旁薄乎寰宇而無有涯際也著有伯子文集十二卷詩集十九卷子罕況皆以詩名

范肯堂墓誌銘

桐城姚永槩撰

太史公曰詩三百篇大抵皆聖賢發憤之所爲作也豈不誠然乎哉詩體至唐而大備然世之論者每稱李白杜甫二人者塗轍不同其憂時嫉俗之情則一厥後詩鳴者至多而蘇軾黃庭堅陸遊元好問爲之最四子之爲詩猶白甫也自是以降兢兢於格律聲色公然模襲其發憤也不深則立乎中者不誠中不誠則氣不昌氣不昌則不足震動而興起孔子曰詩可以興興於發憤也維我聖清載逾二百五洲交通藝術競勝僅恃一國窳敗不振之故習不足敵彼族之方新而朝野之論又斷斷不可合并故釀爲甲午庚子之再亂於時范君起江海之交太息悲傷無所抒洩一寓之於詩其詩震蕩開闔變化無方讀者雖

未能全喻精微無不知愛而好之以一諸生名被天下噫何其盛也君諱當世字无錯號肯堂世爲江蘇通州儒族祖某父某皆不仕君少出語驚長老壯而益奇武昌張先生裕釗有文章大名客江寧君偕張謇朱銘盤謁之張先生大喜自詫一日得通州三生茲事有付託矣其後君弟鍾鎧相繼起世又稱三范而稱君爲大范云吳先生汝綸官冀州見君與謇銘盤唱和詩貽書餉致君亦樂依吳先生遂之冀而張先生亦來主講保定益相與論定古聖賢人微言奧義學更大進是時君方喪前夫人吳先生爲介聘吾仲姊因就婚先子江西安福署中先子故能詩吾姊亦嫻吟詠君往來二年得詩益多其後吳先生居保定吾往從之君方攜吾姊客李文忠公所見即飲酒賦詩詠調

閒作別十日不見君寄詩卽寄聲誚責以爲樂迨甲午戰敗文忠公得罪君與吾皆東歸不復北遊視曩時遊讌如易世矣君初在冀所教諸生多爲通材知名於世家居及道塗所遇人士有一語之善必扶植之其經承君講授者悉有成就收科第者相望兩弟一成進士爲令河南一拔貢朝考一等爲令山東而君卒以諸生終學堂令下君已病肺臥慨然強起以助國家長育人才爲己任迂儒老生極口訾嗷至投書醜詆君一接以和面論文諭使有端序病且篤就醫上海遂以光緒三十年十二月初十日卒年五十一踰年葬於通州東門外范氏之阡前夫人吳之右吳夫人生二子罕況皆諸生有文學足以推大君志以況爲弟鐘子一女適義寧陳衡恪早卒後夫人姚君所爲詩嘗自寫定爲十八卷合文十卷藏於家方今海寓學術棼起雲變川增治斯事者材力已患不給而吾國文至繁奧習之尤費日時議者乃欲更張之就淺易君詩雖至工眞知其意者無幾人數世以後又孰能測君所用心乎然巴比倫埃及之古碑希臘印度之詩西士好古者搜釋之不餘力也以吾國文字精深微眇實有不可磨滅者存意必有魁桀之士寶貴而研索之殆可決也於君詩又何憂乎君事親敎弟極於孝友待朋友有終始將葬弟鐘來問銘未敢應也既久乃寫所得於君者以抒吾哀而系之以銘銘曰

猗與仁人世有范君大本既立發爲高文若最其行以儒而俠友死孤稺娟娟者嫠君引任之以濡以沫囊無一錢求者踵門

訐子而貸汝褌汝飦嗚中恢恢齋其仇恩欺不汝疑背不汝怨
有李生者嘗爲八言豈大奸與不卽聖賢何奸何賢有蘊弗宣
吾銘未信曷讀詩篇

案先生手自寫定詩十九卷文十二卷此云詩十八卷文十
卷稍誤

浙西徐氏校刻

范伯子文集序

余自弱冠受學嘗從吳至父張廉卿兩先生者皆喜接後進余居門下磔磔未有以自見獨因是得聞海內才雋之名識於心不忘其後北游京師往往獲交賢士君子今雖老行能無似而幸差免匪僻之趨者亦賴之於師友也張先生嘗爲書抵余外舅姚竹山君盛稱通州三生三生者朱君銘盤張君謇及范君當世也朱工駢文惜早逝張以幹濟稱而范君字肯堂孝友愷悌詩才雄健尤爲吳先生所激賞時方失偶而竹山次女曰蘊素亦嫻吟詠吳先生爲媒介焉遂與余稱僚婿嘗一見於金陵再見於天津君時居李文忠幕府爲課其公子吳先生都講蓮池往來津沽間詩酒文讌之樂稱盛一時自曾文正督畿輔喜延攬人士其流風未沫猶可想見焉君恨余不爲詩督之甚力吳先生曰子毋然子爲詩徒見短耳終莫能勝彼因相與一笑罷洎竹山卒官君會喪桐城居未幾聞亂遄返自是一別不復見而君遽歿矣范氏通州舊族明季勳卿公有高節數傳至君乃以詩名天下家貧客遊以養親以膳教諸弟不私一錢歲時歸省拜謁因擁膝泣久之乃能言爲諸生連試不得意有司守高不仕門下士或竊其緒餘致通顯弟鍾進士爲令河南鎧以優貢生令山東時有三范之目十餘年間零謝殆盡君習聞吳先生緒論頗主泰西學說身歿而國祚傾事有遼反運有代謝其盛衰存亡之可感喟者又豈獨一身一家之故哉君詩已輯者九卷曰范伯子集今其徒友復彙輯所

爲古文四卷屬余弁言余不聞其詩與文之聲欬久矣感君夫人屢請之勤質言之以俟後君子讀其書者有以論其世焉庚申　月桐城馬其昶通白

范伯子文集序

往范君肯堂既歿排印其詩集十九卷天下爭傳誦之猶有文集十二卷今歲君配姚夫人始爲錄副寄余卒讀且以君親友如馬通伯姚叔節輩皆絶推隆君詩而未及論列其文欲余頗加月旦一言綴其後蓋君之文歛肆不一體往往雜瑰異之氣而長於控摶旋盤縣邈而往復終以出熙甫上睢習之子固者爲尤美此可久而竢論定者也君始從武昌張先生受文法尋與桐城吳先生講肄求之益深至爲諸生十數年矢博科第養親顧所爲制舉文與所爲古文辭相表裏以故終不第飄泊南北名在士大夫間而已君雖若文士好言經世究中外之務其後更甲午戊戌庚子之變益慕泰西學說憤生平所習無實用

昌言賤之歲時會金陵稍喜接乘時之彥及號尸新學者下上其議論余嘗引梅聖俞談兵究弊又何益萬口不謂儒者知之句以譏之君復撫掌爲笑也君有二弟鐘字仲林鎧字秋門皆才士余最夙交仲林附以昏姻然後與君習君卒大亂起國步猝改仲林秋門亦繼逝世所稱通州三范者十餘年間俱盡矣獨余留子遺之軀懸禍亂之會老不媿恥反蹈君曩昔所賤者以未死之日或尚役於文字得錢求活其所遺身世之可悲質君於冥漠宜無甚於此也壬戌七月義寧陳三立

校刻范伯子集序

范肯堂先生文集十二卷先生手定本也先生行誼具詳前序世之稱先生者尤重其所爲詩而文霨初耳先生名則以文憶少時隨宦廣東之陸豐縣濱海地僻𡡾爲古文辭而苦無師先君則爲言范先生蓋是時先生外舅王欣甫先生方官江南與先生爲昆弟交王氏羣從皆從之遊先君之所期望於文霨與文霨之所私自冀幸者咸謂異日居甥館執贄先生門下匪難也光緒己亥歲外舅權知上海縣事先生涖止始獲一見悤悤未遑請益僅從王氏羣從得聞先生緒論觀其評點課本若有所悟是歲先君見背既而外舅亦由上海投劾歸里荏苒數載先生遂歸道山文霨既不獲再見先生深願得讀先生遺集以爲南通自治名天下先生著述縱其家無力刊行彼中耆舊寧容恝置況先生門人徧於南北必有爲之刊布者遲之二三十年未覩成書前年桐城吳君北江以所刻晚清四十家詩鈔見貽錄先生詩至百一首乃更求之南方得活字排印本詩集而文集卒不可得文霨嘗告吳君他日苟得范先生文集當爲刊行今春吳君門人張子次溪偶得寫本兩冊於天津書肆吳君囑以見示則眞范先生文集也證之卷首目錄僅存其半懼更亡失謀爲刊之吳君復爲求之其家乃得范先生介弟秋門校定全本蓋由先生手寫未迻錄者文霨竊歎先生下世未久而其遺稿已在若存若亡之間揚子太玄以覆醬瓿昌黎文集棄諸敝篋自古已然況世變陵夷十百倍於往昔之日乎幸

賴吳君與張子之力猶得覩此完本不可謂匪幸矣回憶趨庭之日耳先生名忽忽遂已四十年由少而壯壯而老卒未能受業先生副　先君之期望俯仰今昔彌爲憮然亟以此集壽諸棗梨其詩集十九卷行將繼續刻之庚午冬海鹽徐文蔚如跋於天津寓廬

此序作於庚午臘月閲三年遂以季女肇瓊適次溪癸酉仲秋成禮於北平而續刻范先生伉儷詩集亦適於是時告成二姓之好實以斯集爲之媒介莫或使之若或使之遂爲兩家增一故事更贅數言以爲鴻印甲戌仲夏文蔚又識

范肯堂先生文集序

吾師肯堂先生器宇之宏偉性情之坦易學問之淹博道德之精純及詩文之海涵天覆石潤川輝海內通儒碩士類能識之惟平生志事未竟設施卒鬱抑以歿不能不爲吾師惋惜也守恂始見吾師館合肥李相國許退食與名流唱和往來間與及門論德講藝繼往哲啟後學曠視千載俯納一時甲午海疆有事李相國移節吾師亦南旋嗣後客遊鄂滬到處逢迎不乏朋友求如李相國之賢傾心款接殊亦難覯竟以舊疾棄世讀吾師就醫滬上詩淒涼黯淡足使遠士傷悼近識含悲天生斯才必有所用如之何摧殘壓迫以窮老而終然文章詩筆充塞宇內橫溢寰區吾師雖死其精神長在天地間夫亦可以無憾矣

吾師詩集墨本不多思見者每不易得惟時人總集中選刻頗夥文集未見於世今徐君蔚如搜得原本付與剞劂徐君表章文統人盡佩服況在及門若守恂之受恩深感德厚歡欣鼓舞有非言語可以形容者也至於吾師文章評論如李漢之序昌黎文蘇軾之序六一集及門大有人在守恂則非其人不敢强作知言爲吾黨笑受業王守恂謹譔

浙西徐氏校刻

范伯子文集卷第一

通州范當世无錯

送彭芾亭之官安慶序

今天下秀才多矣博禍敗履棄數寸之管聽鼓於有司之門旅進而旅退者肩相摩趾相錯也今天下令長亦多矣儆車羸馬手數寸之版聽鼓於大吏之門旅進而旅退者肩相摩趾相錯也蓋自軍興以來朝廷取人較寬登進亦較濫其後乃爲天下之所積輕然則雖有甚瑰奇俊偉之才何由而自見耶曰狃於時迫於勢爲衆人之所爲雖稍稍見長而不可恃衆人之所不爲而毅然無所回惑并力而求之及其至也未有不爲天下所其見者也是說也昔者吾與王大令欣甫嘗交相勉焉今年春遊浦口軍中留五日與樂平彭君芾亭談極驩秋八月再至浦則彭君已入都見於天子以知縣需次安徽朋友各以言贈行而亦以命當世自彭君爲秀才固已有聲矣得地而君之吾知其聞必遠也獨今也往大吏倘未有知彭君者意者爲衆人之所爲不足以見彭君之才乎彭君亦堅其所自命者而已吾與彭君交不過旬日而有平生之驩輒復爲斯言他日者幸復相見握手極樂更相與道之

此最初見賞於吾師者評以爲氣格逼近昌黎乃并其意量肖之可謂豪傑之士矣然此乃病於浦口軍中擁被呻吟時率口所爲後來在冀州求文稍艱翻置此等以爲不足道由今審錄正不忘吾師之言

介人先生誄并序

當世還自如皋大人泫然曰汝知介人先生病歿乎去年喪吾滁蓀先生今又喪吾介人先生吾故人盡矣於是季弟鎧告余曰鎧往視朱先生病朱先生方坐手離騷古文鎧稍稍取讀之先生亦讀之明日而先生遂死死之日益問吾兩兄也於是當世泣下大人又悲曰昔者先生爲吾舉子錢於人及吾之償乃皆得所自爲劵未嘗令吾知吾過東門東門之市皆歎竭藏於告者無代辦之衣其宗人浩軒爲之具謂其嗣子曰汝貧汝叔毋吾任之吾所爲具汝必得錢而償我汝叔生不受吾一錢吾不忍具汝叔也於是當世聞之益大悲滁蓀先生者徐氏四方所稱徐善人者也爲人惻怛而忠信長有鉅萬死而孤子不能

飽介人先生者困苦食力諸生耳吾聞細人之罔二公往往而似富人笑徐公而貧人笑朱公然吾鄉愛人之君子二公而已耳此吾大人之所以尤悲者也當世嘗從介人先生俱省試趾步言笑先生未有苟寢興未卽盥必冠衣坐然和易雖後生誠不以爲苦熟於儒先之書然百家之文無所不慕春秋釋菜雖雨雪必中夜至官長旣畢事乃徐徧拜於賢儒之位且乃罷公竟用是感寒疾而死毅皇帝登位嘗一舉孝廉方正不就而徐先生亦並時舉孝子云誄曰

吾父執友先生徐公徐公憂死先生困終心安命殆身纖願洪

哀哀吾父殷憂在躬命誄先生昭茲儒風伊誰之告詢於鴻濛

王母陳太孺人哀辭

當世八月二十有一日自江浦歸聞吾師景周先生復有母陳太孺人之喪方病不能慟明日乃往哭又十日而後哀之以文嗚呼當世之於太孺人則豈能無慟乎哉當世十一歲始學於先生當此之時家貧數倍於今日脩脯出於母氏之紡絍衣敝垢履或見其足初所從學以窶人子爲曹偶所訕而出則恐雖以先生之敬吾父猶每嘗自遠人然太孺人則往往聞誦聲喜呼而與之語問吾母狀視髮結命之坐而理焉則歎曰汝母苦我少時亦汝母若汝喜讀汝母卽苦能幾時矣野人以時餽瓜果食物必以啗當世指而謂人曰是某之子是有賢母及當世十四歲出而試有司輒合太孺人則益喜吾家乃稍稍得置酒治具爲太孺人驩太孺人執吾母手而笑曰我故謂是兒非久

浙西徐氏校刻

苦母者何如及當世娶得好婦自吾父母外獨太孺人驩其後當世稍恥竊浮譽讀書求古聖人賢人之用心無復得所以媚有司者有司亦頗厭棄天下亦輕當世矣而當世諸弟相繼受學於先生太孺人尙往往勖之曰似汝兄閒諸家人當世遊太孺人卽病未嘗不問當世所在也嗚呼慟哉太孺人童養於王氏以至於老蓋七十餘年當世所見者猶十七年其行與德眞有士大夫不敢望者宜得傳顧天之限女子甚嚴雖甚盛德常不得有沒世之名及其子孫之昌而闡揚之則天下以爲固然且凡有親者皆是也何足以傳又況當世之文萬不足以取信於天下或稱述太孺人之行與德不足爲太孺人重而反以習視我太孺人豈當世之志耶當世則亦自嗚其哀而已矣嗚呼

慟哉辭曰

雖儒彥不能彊之吾同也而母則伸吾於童蒙也母之靈無恫也而哭母之慼無窮也

歸田券 代大人

畊陽之田十二畮先勛卿公墓西向府君葬其北而某營生壙其南周以池凡八畮其亙乎池南不相屬者四畮在神道碑西張君潤之夫人之喪方謀葬而令子謇亟往軍中不可得地謀諸某爲求亦弗得乃割池南地與之自勛卿公之葬二百有餘年當時形家謂重城作拱五水歸塘後必大不百年新城廢水闕圯西南北水浩淼勢不抗談者謂家中落由此由某觀之今日之形勢固猶一郡之雄勝也某雖不敏讀書食藜藿屢代安之亦復何望乃今天子有事於北邊幸託威福吾與張君長爲太平之民兒輩稍稍涉四方而歸不至有馬革之事相率老於茲土焉千秋萬歲後五山重水之間父子朋友魂魄猶相依於此張君藏此券詔世世子孫光緒六年某月日范某署券兒子當世奉命書

哀祭劉先生文

光緒七年二月興化先生卒於家三月其門人顧錫爵以道路之言聞於范當世並馳而往入其境而問之信乃走哭於其殯而各爲文以道哀當世之文曰當世年二十而知有先生益聞之錫爵錫爵初不欲當世之驟見也以爲退一鄉一國而友天下必其識足以觀天下之善士苟尚非其人則寧姑舍是於是

當世懷顧見之誠五年然後乃見於先生之里退而上所爲文數十篇則先生以爲可喜也至於明年先生在龍門龍門弟子孫點以書來告曰先生念子子不能來則先生就子矣於是當世以秋八月往先生窮日夜之力而與之言於其將行也而後定所謂親炙記言者七紙其時大風雨夜過半渴而思飲當世執燭先生挈茶具之竈下而火之飲而旨先生喟然而歎曰此樂豈易得乎吾老矣逾明年將寓食於汝所謂黃泥山者以鄰於汝以遂吾之志於是當世竊喜奉先生之日甚長謹歸而俟焉孰謂當世之於先生乃從此而止乎先生之學獨爲乎程朱之難而深求乎孔孟之際當世自度終身不敢望而亦不敢自以爲不智先生之歿天下皆歎息以爲德人歿其所以狀先生者或萬言而不得其似先生之書明明可觀意其更數十年或百年而必顯於世而當世之於先生則不能不以萬一自任而求所謂繼嗚呼大道茫茫兮哲人已死成之彌艱兮廢之可恥吾安適歸兮而大言若此心結辭迫以抒一哀而已矣嗚呼慟哉

范月槎先生仕隱圖序

當世在武昌張先生書院觀察月槎范公聞而好之既枉過不遇則召之飲問家世乃知其先並出文正公始遷之代並由江西自文正公至於遷其間又並皆有所缺失而通州視公武昌稍有緒於是略爲公言蘇州大宗譜所載別子流寓江西在有宋之季譜吾先世手鈔者也又先勛卿公之時瀋陽文肅公集

錄范氏譜嘗使人求通州支而考其世次將並載焉文肅公之先亦自江西遷潘陽者也於是公以爲前所缺失求之潘陽當有聞於大宗譜又能得數世則大喜出所謂武昌譜與觀覽其年代系屬指陳其先德又益示以生平所爲詩與官國子助敎時所繪仕隱圖以道其夙昔之志當世感公之所謂仕隱云者乃慨乎念我勛卿公之盛烈亦若可以廣斯圖之說於是復進於公曰先勛卿公之成進士不欲爲吏改敎授順天轉爲助敎十年而後遷部郎諫不用而歸歸四十年五起京卿皆不出天下號爲眞隱當是時文肅公佐聖清建伊呂之業而吳橋文忠公効孤忠於明功名之盛無若范氏而史忠正之論先公則曰范公以氣節爲天下倡其功甚鉅其不仕固賢於仕也由此觀之道之行不行命耳衷乎聖賢者之意則顯晦之際豈有殊哉公之爲斯圖豈亦不域乎其所處而有類於昔之人者與公謝曰是何敢望然幸從吾子多聞范氏之盛美請載之筆而俾余觀焉乃退而序其先後之言如此光緒七年七月

祭貞懿先生文

光緒七年十二月某日范當世謹以不腆之物奠於貞懿先生永遷之柩而告之以文曰昔君之歿我在東鄙歸乃聞變哭而爲誄其後六月我旅邗水一日念君哭亦逾晷今辭於殯永絶生死我之哭君從此而止嗚呼慟哉鄉邦人秀多自折摧幽昧蕪穢百年以來君奮於衆實荒草萊民之正欲惟名與財狂而嗜我貴富焉來君於此道瞠乎後哉及其感發亟難先災茫茫

鄉國失此人才嗚呼慟哉自我好修乃爲衆棄無慙無好則亦無忌成人之言睨曰兒戲君獨信之窮方極比父我之年追我兄事我寧好諛以決我志平生之言有如泉隧嗚呼慟哉我生而困君亦蕭然君鬻其產以償我錢豈謂君嗛我心熬煎謂君哲弟索米走燕我亦逝遠紛紛可憐窮而復合哭君柩前嗚呼慟哉君有肖子煢煢孤露我則弟之云胡能助所能助者俾窮而固匪用我謀誦君之素君體歸藏君神可晤我行君庭慨乎有慕哀哀北郊雨雪盈路素車從君能莫我顧嗚呼慟哉尚饗

贈吳禮園序

通州以東近百里之料角嘴爲江海會處有光綿亙如綫綫右界水旨且厚魚鱉鮮美其左界乃斥鹵不可食而產亦殊焉此天所以畫江海者也江海之水皆吾民之所大利而不可互爲用引江水入溝澮灌田歲旱往往孰或濱海水溢雖所未浸土脈滲則禾稼盡稿煮海爲鹽取右水涓滴入釜則鹽亦不成也然而江至料角嘴無不入海者江入海不知其爲江海潮逆江日夜而上江入溝澮灌田益又海水之所挾而至不知其爲海也若此者何與江海之爲物也大故歸之者不復能自別而受之者不復疑其實未嘗不相資而其所以用之則又不必其盡合者也吾以謂朋友之交也亦若是焉耳矣禮園與吾交日親日驩一日而與吾歎夫世之交者以爲彼無怪其然彼其志不同而道不合故貌之不能逮其心也吾則曰彼所謂貌小而不誠者耳若其所處者既大而其交也以真氣相薄雖志不同而

道不合何傷也哉吾與禮園可謂合同矣顧亦何嘗無一二之別且無視天下以不廣也遂爲斯言贈之以其士之所習者嘗焉

書傳忠錄後

往余讀武昌先生之文至李剛介公殉難碑記不勝其隱曰李公信可謂忠臣者與何令吾師之言深慟若此也益求其行實而吾師果亟稱之曰忠及來江夏公子樾卿太守介禮園與君徵文於余余讀所謂傳忠錄則益歎曰幸哉乎李公之有子也雖公奇偉盛節豈能無藉於茲文乎哉不特此也迹公後之所以仕若是其有父母之德其初乃不能致朝廷一官區區入貲而爲令此世之所謂雜流者也然且用其學稍稍尊顯矣則益

浙西徐氏校刻

不自愛其身發憤抗厲舉兵而殺賊誠以是立功於天下不難顧僅得尺寸以死死之日大臣上其事而天子褒之於公不可謂有負然而軍興以來或倉卒不能以自謀而後時頗乃與公類者往往有也徵吾師之作而余亦將衆人乎李公豈非窮而不得施則壹無所謂特勝者與聞之禮園公子服官於此壹法其先人之所爲而不好爲表襮之行贍故人妻子十數年之久而人不知獨慟心於其先公則賓禮人士時時求其文若將多其藏而圖一不朽者嗚呼雖李公之心何嘗計及於身後之名徒使之湮沒而不彰而後之人將無由以興則後死者莫不皇皇焉況其公子者乎觀傳忠錄者可以悲矣

祭吳孺人文

光緒九年六月朔范當世至自武昌而哭於亡妻吳孺人之靈者既三閱晨夕乃用居常不飾之饌命兒子罕拜奠於其母而告之以文曰嗚呼吾昔者之遠行而歸也則每嘗懸懸恐汝之寧汝父於家不能一日而見汝吾今也歸則求爲千日萬日而見汝而安可得耶汝昔者之寧汝父於家則未嘗不聞吾歸而喜獨不肯早歸而相見今吾在此而汝又安得而見之耶吾昔者益過矣汝悔耶否耶吾父母及吾之弟妹賢汝臨終之言皆章章大義吾以爲此即汝平生之短昔者或乃向與吾頗言其私今將抱此無窮之隱慟而誰告者耶雖然吾之間起未行益爲詩而哭汝然而不得盡其辭則豈非凡人之恨固有窮萬古而不白者而吾與汝皆可以無言者耶汝之行與志與所嘗言

吾當一一志於汝之墓汝若此之人而獲有知者汝可無憾吾則何以對此茫茫者耶吾暫哭汝當復之武昌不去則汝棺不能以葬汝故欲從吾去今去耶否耶嗚呼慟哉尚饗

修復監沔水道記 代

光緒四五年間監利北界子貝淵與沔陽南界垸民爭隄遂釀大獄沔苦內之積潦無所洩爲不利於隄然毀隄則監人患者非直沔所洩水而并受柴林河西決之水北高而南下沔固愈於監柴林河者在東自子貝淵尤西諸水皆趨柴林柴林何爲而西決柴林之西北有府場河挾其所受之水東流而南折衝峰口而入於柴林柴林之腹爲其所壅不能盡東故西而趨子貝淵子貝淵尤西諸水又方東趨相逆兩趨皆窮北又高故南

然則雖北入助南築隄而水力猶將潰之患可謂深哉蓋諸水者皆漢流易淤柴林之淤重淤於府場之橫絕以入然而府場故道故由唐嵛河東流而北折而所謂峰口者故以爲界不入柴林者也柴林無府場則胡不可治祖賢奉天子命巡撫湖北既憂既灼去年蒙聖恩並權總督益念民不獲當誰諉者爰訪玆事於衆而定厥計以爲疏唐嵛而府場可復府場去而柴林寬又從而疏之而子貝淵南岸之困解然後建閘於此益修復總督汪公所爲福田寺閘以解北岸之困會總督涂公來並以爲宜又得請於朝乃擇吏能者大小畢偕五月而工竣疏若干里費若干緡錢役若干人涂公旣一一爲文記之而祖賢嘗深維此事益道其由俾後之牧令知民閒禍患苟務窮其所以然

則無不可解解而善其後則無不安矣夫所謂善其後者一侯平州縣之自爲疆吏不能徧也疆吏之所持者大則祖賢今日之爲此猶所謂一舉而百漏而天下事乃有形格勢禁逆知將來之患而僅可爲目前之計者此又祖賢之所大慮而無可如何而俯嘗職分仰參國論乃愈不覺因端長思而不勝其無窮之憂也光緒九年九月

范伯子文集卷第一

范伯子文集卷第二

通州范當世无錯

書殷浩傳後

子貢曰紂之不善不如是之甚也是以君子惡居下流天下之惡皆歸焉豈但下流不可居乎苟爲知德之君子則亦惡居夫上流者焉從流下而忘反謂之流從流上而忘反謂之連連之與流其初之爲距也殆不能相望而逮其懸薄而不勝壹墜乎九層之淵而同乎汚之區者埶也而又加疾也然則爲君子者亦處乎其中流可矣古之所謂君子者皆能先立其身於不敗之地而後乃徐焉以救天下之僘凡夫天下之所由僘者不可不知也君子與之近也而察之而不與頽也其上者乃爲救正乎天下之源不可不知也君子默默而窮之而不以自名也處乎天下之所不爭而屹乎爲天下之所不能傾此之謂豪傑吾觀古之有道德而無位業者自凡大聖大賢雖其身不用而吾與天下其信之乃若其餘斤斤者蓋亦幸而遭時不偶而衆惜之耳其爲人也或往往眞潛而少營而其所守者爲百不合於人夫是以得保其令名焉其有不幸不得不爲世所用而覆敗不能以旋踵者則莫不自其人之精神迎而取之而無怪乎其君其相不善處之矣雖然彼其所據者務窮於高不暇求其實而因以速天下之用用而至於敗者吾知其誠然乃若身爲衆人之所爲或衆人所不屑爲者而亦復苶然其爲之則何至於此耶吾觀殷浩既身廢罪徙桓温遺之書將以爲尚書令浩苟

爲衆人猶將恥之是故報之空函以絕溫而開閉數十云者乃浩之心當自謬於人使溫聞之而鄙其無用而又無甚戾以保其身然則史家乃刻意陳之而天下後世之君子皆樂稱者何也則以浩之所據而傾焉者當若是快耳不然則史所謂家人不見其有流放之慼而又孰見其書空者耶我固知其妄也且我乃今得聞之君子事無成敗貴有其具無具而成焉者冦準雖有澶淵之功不爲榮有具而敗焉者王安石之新法不行而不爲害若浩者悲夫若浩者悲夫

南菁書院記 代

體芳以光緒六年繼仁和夏公督學於江蘇八年事竣奉恩命仍留益恐恐焉以仍久不效爲懼而所見人士之秀萌而未達

強有其質而不能立者槩乎日營於吾之心中於是謀就江陰建試院一區江陰在江蘇四方爲中而書院附於學政爲士之所歸循而嬗之可以久體芳則以是告前總督左文襄公公欣然許奏撥鹽課二萬兩爲束脩膏火之費於是體芳與同官出貲庀材爲廬擇縣人曹君佳實董其事經始八年九月成於九年六月既成取朱子子游祠堂記所謂南方之學得其菁華者命之曰南菁書院使來學者不忘其初而祫祀漢儒鄭君及朱子於後堂使各學其性之所近而不限以一先生之言禮致訓詁詞章兼通之儒以爲之師而徵求各行省官刻書籍以庋乎其中於是既敕既周檄下諸郡各以其異等諸生四面來至日有讀書行事之記月有通經博古之課每歲一甄別而進退之

以至於今三年矣人才之興無非爲國家者先聖先賢誠知乎國家需才之事日新無窮而不能盡有以待之故惟是充其本原而強乎其不可變之道以待無窮之變乃其所以層累結緝而至於若此之盛者亦莫善於讀書且古之人以絃歌之身一旦出而綏天下彼非倖天者也彼通乎一經則存乎三代聖人之心而操乎一埶則忘乎天下衆人之利心聖人而忘利者與夫談謀略策機械之人爲孰可憑焉今之事變前代所未有蓋時務方興而儒者左矣要其所以不振豈爲攻乎夷狄者少哉獨少吾所謂儒人者耳諸生生長是邦熟觀乎亂敗之由而務爲反經以求其實要知從古聖人撥亂世反正之道不能獨窮於今茲而本朝聖人經營之天下事事足以萬年不能不歸咎於儒術焉體芳且行矣十年之後庶有歸唐之文顧秦二王之書復興於東南者乎然使國家猝有緩急則又有起乎壇席之閒而瑰乎立蓋世之功如曾文正胡文忠其人者哉君子以爲天也而庶其有存焉者乎非體芳之所逆覩也已光緒十一年九月

書焦尾閣遺稿後

余以光緒八年之秋初見潄蘭先生於江寧因從先生莫府識王君弢甫弢甫則出其先母盧太淑人遺稿索余之一言余觀太淑人之詩比於文儒躬行比於君子而弢甫之不得眎含窮年累載抱茲編以長恨者其爲孝子之心又至可隱也然是時余於弢甫不深故無所代鳴其哀焉其後余在湖北弢甫每以

浙西徐氏校刻

書來促而余方撰次湖北列女志列其傳者毋慮三數千人則因以歎夫女子庸行無至若不至萬聲而一辭自非劉向范蔚宗之徒罕足以取重於人而章信於天下者余奚以塞弢甫之悲乎其後余益諗於弢甫乃知弢甫之志意行習皆求爲自樹以不朽其親而並無所甚資於人者然我以爲待人而傳固無是理即吾身之傳不傳又豈得謂之非命者耶且人之有親而一旦喪之夢寐之中呼天搶地而莫能道其所之則所謂傳吾之身以及於吾之親者更渺乎不知所得爲何物而其僅僅萬分而得一如太淑人之遺稿乃但當以爲太淑人精神之所聚聲容笑貌之所附麗而使身沒之後煢煢孝子有終身之依此亦可謂能自不朽矣弢甫從此雖一無所營而但使慟心於其母兢兢乎抱遺不墜以終其身此亦可以寡過夫弢甫之爲人則無慮其不副余言而且多有賢於此者乎自弢甫屬余三年未有以報比復聚於漱蘭先生莫府語連日其相知而深於其行也遂書此歸之

浙西徐氏校刻

山海

造物者將設爲百怪而平地無所藏之於是乎振骨爲山而噓氣爲水飲食平地之人而使之登山臨水以測怪焉然山之爲怪也顯而水之爲怪也隱隱怪而天下之得怪於水者乃益多於山故夫探山之人盡其力所能負裹一月之糧革履而裘裳朋而執械如狷如狠日之未昏而志於宿焉益深以邃則風來慣人虎狼嘯林斷澗當前陰峰蔽天盩心知其有怪物於此未

見怪而氣已索然矣故夫崇臺傑觀羣人之所遊而怪不生怪之所藏而人不能到故亭山之利者麤者爲材木精者爲寶玉而同於藪澤者爲犬豕麋鹿無從得所謂不死之藥千年之龜豈造物者本謀如斯哉由其形怪而拒之者也且夫天下之水至於海則亦可謂詭異怪觀也然其爲潮極悖乎天下賢愚之人而未嘗不驚乎其有常其如不潮之時則浩浩湯湯汎之而平小民櫂乎一木之舟而可以得魚久之而益狎則習知乎羣魚之性情好火者燃炬則羣投於羅好食貓者用生貓繫鉤而千斤之鱝死於貫索之下潮生而插竹潮退而黃魚滿竿蚌生十年者其膏可然其珠可研其仰而嬉者不可干也然海之爲患利於人亦不盡待乎人之取之故閏月誅巨魚而推諸陸其狀爲豬爲牛其變化而跳以上者爲鹿爇而脯之亦可以爲藥以斯之類是以貨財沾被乎天下而滋味潤澤乎生民者也嗚呼人之方舟而行日夜不絕於江海之上雖有蛟龍行乎咫尺而不知則其所可得而狎焉者曾何嘗有百分之一於斯哉故曰山暴而水藏或曰骨陰而氣陽

況簫字說

南宮子生鳳鳴從余學爲文且一年而自字曰覝曉吾改字之曰況簫蓋取諸簫韶以配其名而進之以聲音之道不取簫之異文也世之爲士而不學爲學而不要諸道爲道而鄙斯文爲不足求者此皆吾所謂無歸之人生固聞之而不足辯矣惟獨聲音之道則吾亦惡夫無本而嘵嘵若俳伎者而其爲道也至

大則六經百氏之所有莫不於是乎要其成不則堯舜兩聖人賡續百五十年而賛之以禹皋陶稷契二十二人之賢何其德之彌綸乎天地而區區乎必韶以傳也前聖莫大於舜後聖莫大於夫子此兩聖人之相遇壹在乎聲音之中武王之德之遜夫子不敢斥言而未嘗不取斷於韶武季札來觀陳四代之聲而殿最其人無一失者惟我夫子有聖人之德而無其位不敢作樂然後金聲玉振之事壹存乎其文而匹夫聞道者百世承焉先王之道莫大乎禮樂兩端禮至今不可謂遂亡而樂之事竟絕於天壤者何也古之所謂大禮者葢取兆人之心德爲之而其所謂大樂者獨取聖人之心德爲之聖人不在上而此事乃廢而屬之伶人然而聲之爲物也至神而其感人也至深如

之何而可絕也是故身不爲樂而宣諸文者聖人之有以自樂也天下之無樂而聖人當之以文則使天下之人樂其樂而興於善也此自古作者莫不皆然而豈能苟焉以傳乎是故人之身不足存也而存其道道無所寄也而寄諸言言可聞者僞之也而有不可僞之氣氣行乎幽而不可識也揚其聲而求之聲之至者謂之樂聲出於口而未有不合焉者自然之奏也文之而改矣然自口者不可以久留而亦非聲之至也必也文之而盡如其口則至矣乎猶之乎人也人之初未有不善焉者自然之性也學焉而汨矣然是初者不可以久留而亦非人之至也必也學之而盡復其初則至矣乎惟聖人之作樂亦然凡物可觸而鳴者莫不有聲而莫不可聽也然而非樂之至也必也羣

天下之物而和之節之沒其所眾有而成其大而傳之可以久則至矣乎是故文字者八器之待鳴者也喜怒哀樂者五聲之情也辨之豪釐而差以黍米者十二律之精也精通於鬼神又視其德爲大成小成是故夫子之文比於韶而孟子之文方於大夏取札所論者論此而罔不合焉詩不入樂者亦鮮矣夫子之言興於詩而成於樂蓋是道也遂終身矣夫嗚呼執筆而爲文若無不可者及求之道何其難也今之時有往來絕國通其一二語言而歸語其鄉之人臆造而曾益之如通百方之音者吾今者實有類於是然其爲生謀者則得矣

剛已字辭

嗚呼剛已吾取吾夫子難其人者而名汝字汝汝來學者不過

不爲豎汝遂由是而博通以歸不過不爲腐汝不淫於財不過賢於賈不苟爲官不過保全不爲虞努乎努乎而鞭退乎吾而接迹於古乎伊豈流人所得而侮哉而終焉爲聖者所俯矣凡無所藉而開者爲聖爲君主踵襲而傍依者爲廡爲屨爲執鞭之御由孔子而來至於我汝亡慮數十百人者更模而造撫之子或希其父孫不敢望其祖而況由後者以方其初乃不啻高天之於下土是强人從我者過與汝軒軒乎植兹宇吾不敢賊汝而使之胍有若同之聖夫子無不與同也可以不自樹七十子無能而和之何其嫵也嗚呼剛已天不懼而氣不瘟莊生遊而孟子處外弗可加內無蠱是以可羣亦可踽或曰剛之字以强詰我則以爲剛無所爭而强者無所不用其戢取故剛德爲

龍而強德爲虎故我以名汝者字汝而無所輔

辨柳子厚八駿圖說

子厚蓋慮夫天下之人惟異形之求虵牛俱頭之問而所謂聖人者將無所得當於是而不得出焉庸詎知夫惟同之是求而同之是問則天下之人益無慮乎其不同而委瑣庸近之人無慮其不委積乎天子之廊而蔓延於諸侯之疆且如不就同中而聖之則烏得紛紛焉騰出於下鄙而各以長雄其鄉哉如是則我之所謂聖人者遁矣夫人之智不足以觀乎聖人之同則毋寧俾以異形求之求之而若牛若虵若俱頭者且卒不可得則會且疑悟於心曰彼夫言狂而行怪者意者其殆虵牛之類乎而昔之人特喻焉者乎因是以求天下之賢聖則萬不失一

人焉夫我之聖人處乎今世益無慮其不以爲狂且怪也天下雖有往今之分而百姓者但血氣之餘欲生而過死者類耳聖人雖處懷葛之世豈得同彼懷葛之民哉孟子曰何以異於人哉堯舜與人同耳夫惟此人之好異而謝不能然後聖人乃極語之同幾其或者勉而至究乎由周迨今二千餘年之賢豪長者希得取諸孟子而似者亦可謂神明者耶且子厚過矣夫子曰以貌取人失之子羽夫子無所不以貌夫人至於亙萬載而橫九區卽妄得與夫圓首橫目食穀而飽肉者同是懦懦之軀也哉

作此等文時摯父先生特欣喜過當而吾師不謂然復書論矯強自然之分與眞僞雅俗之所判其端甚微其流斯遠當

時悚然聽之其最稱許者則題張氏墓圖一首耳

心耕圖說

李剛介公既殉難田家鎮而親身所御佩劍書策壹以散亡獨其三十三歲所作心耕圖乃幸而得歸於其子余居武昌三年既與公子樾卿爲兄弟之驩樾卿則奉出斯圖視余圖無他異獨公坐躡一芒屩耳公昔所徵名流歌詩若監利王子壽三數公者或謂公乃力耕其心田而其後之所獲將無涯而或以爲心耕云者乃心欲歸耕其家嗚呼天下即有非常之人不至於其後之所成就則其所冥然以獨寓者又烏可以告人乎哉且夫天下之民吏其所以不果於爲善者則豈但壹志於裘服馬乘寶玉大鼎淫耳恣目逐口腹之欲以取償於高官而已其亦

有斤斤乎肯爲善者其人益乃擇術之強於衆耳而不可以恆人而不利也無所利而可以去者此又加強焉而不能不自脫於害也令善人者而皆出於此則李公且何爲而死夫我之爲李公說則曰人之以其心散於萬事則有萬心焉故常不可無一者寓之且人之爲君子也彼其所處不可以預期者也萬其遇則萬其處矣乃若其所謂寓者則雖終身不必有是境而不可一日不借一焉以定夫萬故豪傑之士不寓心於聖人則寓心於耕夫聖人之與耕夫其相距遠也其資以爲豪傑則一也夫李公之爲人乃其心寓之於耕者乎耕者可謂天下之甚賤又賤又終身苦之事也夫人終其身不忘耕夫無一日不可爲耕夫則凡人之所謂富貴者乃常取足於一斗粟一命之官而

至於宏艱絶險不可爲之事乃然後皆一無所避而常不自知其愚以至於甘白刃而如飴者也嗚呼人之心乎聖人者其歸不必爲聖人要之天下無可以自美者矣猶之乎耕也不必爲耕而天下之事無所不美夫伊尹周公葛侯之流皆寢饋於聖人而自任以天下之重者顧甚不忘畎畮者何也樾卿之仕也其庶幾乎篤信吾說以承先人之志而無所容利害之見焉可乎

或問一首贈導岷曾叔

或問於當世曰學問之道父不能傳之於子有是理乎當世曰然在乎其人者自爲之耳或曰蒙不謂是也夫孔子至聖而鯉也所造乃不敢望於顏曾之徒曾氏有後矣而孟子以爲德衰及如孟子荀卿莊周屈原漢司馬遷相如唐韓愈之徒皆各以其學之所至殫爲文章以規無窮而有宋程朱諸賢且一切繩而正之使天下之人歸於孔孟之道顧皆不能以授其子者豈可謂非天哉天之所獨不可世也帝者仍世而號以爲聖彼有所憑而然耳匹夫空言垂教其難乎爲繼乃盛於帝王夫子云何當世曰子之推大聖賢則可謂美矣雖然子言天吾言人且子以爲蓋天限之乎天固未嘗限人者也君子於其所得爲也雖千年而未有至焉者必至於其身矣夫道不可以邈獲而學之未至不可以賢於衆父爲賢哲其子必有不勞而獲者勞之不可以已故有勞而後獲有獲而後勞獲而不勞非心獲也耳目口體之豫則賢於人人而不必心競於其父父子不責善起

於孟子而君子之重其道也又益務廣乎公善之量樂得一二非常之徒而不暇更彊諸其子自如子所稱伯魚以來吾不知其皆若此否也要其必有人事之未盡者乎由子之言則是天下窮巷之子皆可以挺爲人豪而名家之子孫不與焉彼其所受縱夷於吾倫顧以百年之身而早自度爲中庸之人豈不爲大戚也歟夫天下之父莫聖於文王而爲子者莫聖於周公周公蓋曰文王我師也然則幸而爲賢父之子亦學周公師文王可矣

題張氏墓圖

前年導岷既葬其母夫人之柩還至保定則嘗告余以得佳兆焉今年造於先生而請業導岷閒乃示余柯家山墓圖與其從父所爲記圖以明其所用之氣而記則稱其地之形如伏虎者然且謂形家知有此地久矣初不得其穴至斯而幸得之有夢徵焉其所謂穴者蓋亦形家者言指謂氣之所結而云也葬之書古矣龍穴沙水之名治古文者或不道故導岷又使余爲之辭余以爲不知其術則無取乎言導岷曰子不信耶曰奚爲而不信也夫不得其穴則雖有其形而氣亦不爲之用雖有氣亦不知所以乘有氣有形無所用之此乃班氏之敘論所未嘗云也而我以爲天下之至精其必若此矣且其一旦而得之也又何怪也歟昔者吾乘大江而下浮至於武黃之閒望子之故山而觀於赤壁誦昔人之遺文獨歎蘇子瞻之在斯也乃時時乘風雨渡江與王齊萬吳亮采之徒流連風景往復不休而吾師

乃戛然起於千載之下曾不得並嘯而觀焉則豈非山川之氣有時而不至則寥絕無人及乎氣至而人興則昔之人所謂奇怪殊異者一旦瑰然成就於其間又烏知其所以然者乎今如子之從父所云者吾知其爲小小之餘慶最盛之遺事也然斯土也千年而不用豈誠昔之人所未見耶毋亦氣之未至也云爾導岷持吾之說質之知言者以爲何如也

范伯子文集卷第二

與顧君滌香具以葬今距其死且九月而吾始有辭
光吾有朋毓盝馬氏髮白其玄乃反鄉里鄉人待君莫或不侈
一年弗雠百口相鄙君鄙在廬我狀尤俚託飽野僮亦弗君邇
已卯孟春毋氏壽祉君來納交登拜猶子龍鷊入山從此相峙
聖人處衆壹是由禮棄禮用情得衆失已君與我初俱媚好士
鄙俚之顏亶可稍綺我從衆領君以我靡心之微差我流君崎
我父我母我兒我弟臨當我征莫不隱涕籛其裳衣毋曰兒起
兒出饗書非遊可比嗚呼君乎骨肉同理去年首塗君又獨喜
曰俞冀州同我甲子目疏其人行接我耳捐我醜頑往即彼美
汝之茫茫歸宿於彼知人愛人君乎至矣豈其一行還及君死
哀瘲而嬉三尺弟姊舉非所生徒苦婦爾延卿書言甯不爾恃

潛悲在胷薄發有泚矧我負君又不在此綴成茲言神鬼可視

樵秋哀辭 并序

大人以書諭當世於冀州曰樵秋死矣吾弗能秘汝汝弗過哀而遂爲之辭以稱其人嗚呼余前日於保定爲李氏之文訊於樵秋不知世間已無此人也余之文樵秋弗能有所爭獨欣誦之問吾師云何吾聞歲與之同居或探其穎則吾稿盈焉吾嘗笑之曰韓退之之不事而守此焉爲君亦笑曰吾託是人傳耳何有於彼哉嗚呼吾今日之文尚未足以傳子子則不能待而遽死耶樵秋蓋起於通之僻鄉幼孤亦貧至其爲時文則絕慧自爲諸生至於成進士未嘗再試爲縣令安徽聰明亮達所至有聲及知當塗縣與學政齟齬罷官乃發憤於書卷會以其時

與余締交談古文之事遂深願之曰我能是我老是閒矣爲序傳碑誌十餘篇多有矩法其稱述母行尤悲窮而爲此終已不獲稍有所立年不究而死是可哀也始吾授徒於鄉閒若樵秋勿庵之徒皆遊仕在外未嘗見知旣勿庵歸同吾遊甚驩諸公願從者衆文酒之事不絕而樵秋已解當塗印嘗一過其閒光緒八年樵秋已去安徽應閩撫岑公之聘見余於上海流連十晝夜如不欲行及余赴鄉試過其所居則樵秋已反卽從余至金陵余之兄弟皆好遊喜朋嘗苦於乏絕無貲不得盡其意得樵秋閩歸百金乃頗以時張飲治具及橐所契闊笑呼寓中而所居爲江寧伍氏之別墅有竹木花石之娛孝感李佛笙尤再三造我以斯觴爲可樂而極道之以詩佛笙者吾師之故人亦

浙西徐氏校刻

嘗爲州縣十數不能以自存去官不以其罪而嘗獨有志於斯文者也今並死矣然樵秋自是之後而及余還里遂與吾家益親明年余館江夏樵秋亦就館蕪湖出則俱出還則俱還余所獲數倍於樵秋而樵秋所餘常爲我用旣來北方絕遠樵秋益落莫常居城閒余獨悲其外不得於時而內無妻子之樂區區獲余而守之卒以單獨客死而未嘗有豪髮之利也辭曰

張君去我兮余不知所以悲馬氏之孤余不得問兮則於君可知君之一世旣盡於此兮又奚以吾文之爲狼山之右兮洪濤激翻航於野港兮乃入乎郭門惟此時之一哭與君魄乎相存

壽言贈李季馴

吾弟仲林爲武昌知府李君教其子李君三子皆有所執而季

馴習於古文余既觀而善之季馴益自爲書請余法又爲其祖
母事略乞余之壽言吾弟益誦其祖子孫之賢足以重余之文
者余聞李君起自孤學無所顧藉而政成行美其氣方新此其
上有開德而下有來哲誠無可疑惟獨季馴之所業乃余所恐
恐而不敢謂其信然者耳余在冀州歲莫無事取姚先生所纂
古文辭憶張吳兩先生所嘗說者畢錄以告季馴而歸之曰此
足以壽吾子之親乎子之所爲尊大母事略至悃行也然其事
已極於無加雖若古之劉向之徒所稱道不能過也子之文甚
雄特無覯也然古之人有十百千此而不可等量者矣凡姚先
生所錄自屈子至於本朝劉才甫九十有六人蓋二千年之文
略盡於此所爲纘六經而論此者此乃出於師師之所傳所以

前後差者乃其師與師之不相及非德不及也去聖人日遠古
書失其讀而時學益卑雖有豪傑之人志通而力崇之亦終身
而僅獲求爲之徒益不易得得則啻過其分難古而恕今雖其
徒亦莫不皆然遞降而傳於人則其所成就愈差焉然則斯文
者乃聖人天亶之絕詣神德盛化之所徵驗果行灼知而無待
者也其事則秇也親聖人而得其趣者雖無聖人之德亦能善
其文屈子之忠也不可及也至若蘇秦李斯者富貴功利之徒
後世儒者所不道要其學皆出於孔氏之流其文晚周莫尚焉
然則不爲鄉原而負有磊磊自遂之實卽莫不可與於斯不得
其師卽堯言舜趨不能至也後之才有過乎古人古之人有啻
於才而豐於學學者之所爲才者笑之終焉比就於聖人之迹

學字者五六才至者二三二三至者猶其憻憻乎一師之傳乃得與於差之數者矣德者文之腑才者文所賴以行者也盛德有所不兼而高才有所不副德小而才凡固無幸焉此余之所悲也然且以斯爲秇也而自同於拙工此卽不爲才賢亦不得與天下同其好余又恐恐焉常不免也夫本已以量人者亦余之過也余所聞者必同於人弗可蘄焉自曾文正公大修其緒吾師與吳先生並得其傳他人聞者亦僅而季馴獨幸從余得之則其果有成乎其爲親壽莫大乎此矣卽以余言爲頌可也

重修觀津書院增建試院記

吾之來游冀州也以州牧桐城吳君之招吳君之爲州專務積產書院以富其賢豪之人而使之從容致力於學益合其五縣

之子弟而大造之五縣令顧不自爲也光緒十一年夏署武邑縣金谿鄭君來見吾亦與之飲退而吳君謂我是有意教其人者而惜乎不能久於斯也及秋吾還江南冬又來則鄭君已有錢六百萬修復觀津書院聘吾爲師而大府亦以是留君君益勤於茲事矣去年春吾來居院中兩月之後諸生來試秇者益多庭隅狎坐皆滿或至不容而露坐階下君益欲虛其旁舍廣高材如冀州乃與吾行度院西地謀建試院一區遂增修書院吾以謂財不贍者卽吾所居可以緩君不欲也秋九月兩工並興吾亦南歸四月重來則門序東西垣墉赫然堂室齋廡舉非舊觀架閣之書自羣經諸史百家文辭總集都彙之編罔不畢具斯時鄭君適考試學僮扃鎖西院而高材肄業者先來見吾

吾笑謂之曰諸君學者亦法鄭君矣夫鄭君乃要於其事之必成而限以不久長之時是以旁作不寐若此諸君子之來學亦不容不成矣公家之養官師之所具父老之所勸苦是烏可以泰然長居乎天下之事蓋未有三年不成者其夕鄭君聞吾來啟兩院中通之戶相見告以別後之所營則自興工買書積器所餘尚有錢一千六百萬以是諸生膏火倍舊而三鄉試入都並有贈送又有歲修之資因導觀其所爲試院寬廣可坐四百人堂基有嚴吏舍庖廚馬廄有容鄭君益愛惜其所爲自以行當受代而去就吾謀所以永長之者吾笑曰君之勤勞其可謂至於斯極也已天下之事亦未有三十年而不敗者能保全於十年之閒而成就數人焉則幸矣此人或不得爲顯仕而猶能

浙西徐氏校刻

以其所學散被於其鄉俾一世之後或承其流談君之教澤不得幸生當年而君亦於是乎不朽矣法者敗之基自古聖賢英人能建非常之功不能立不敝之法彼曷嘗不思哉彼其所以成事者乃純在乎其精神之閒一循於法則不能有所爲矣功成立法以詔眾乃其猶執乎盛衰之機不聽其與人俱息而默持之使漸衰漸微其法之尤善者則至於衰微之後而又可興焉然此乃後賢之專美而立法者不有其功也凡吾與君與其君之相遇於此而蚤夜孳孳以求所謂作興人才者此獨可以盡心爲樂耳究有裨於茲土者幾何哉惟君獨後來而先去而勞苦之意獨君爲多余故備書其前後之迹使來者得觀焉光緒十三年五月

光緒十四年正月四日范當世與繼妻姚氏謹就安福甥館爲先室吳孺人之位而祭之以文曰予年三十吾是時貧甚猶竭力而致客客散子憐其勞以爲何必作此無益耶吾笑曰是不足言待我十年而富貴將惟子之所擇焉子亦笑曰君不聞吾阨運在癸若一木之浮於大澤乎待至四十之年吾墓樹積矣至於其時子與新夫人奠我一觴是亦不忘疇昔也嗚呼平生萬言無一既獲獨子斯言而今也赫赫大信不存小諾奚益惟以得祭於新人之家猶爲稍賢於故里之宅去家三千餘里何由得致魂魄仗新婦之精誠冀幽遠之弗隔酒清肉香尙其來格

與蔡燕生論文第一書

迭承狀甚慰承以暇日卽發兄所選姚選讀之尤所望也三年學政一瞬便過不足以把玩而錢財入弟之手又必不能歸來作富人惟於此事多盡一日心卽多置一分產耳積學多年不患無意輶轅萬里不患無題苟意有所動便放膽爲之爲之之道第一求意雅不求字雅則所見若某某君之病去矣布帛菽粟平實說來不必矯揉造作以求波峭則所見若某某君之病又去矣二者本非吾弟所甚愛而但恐持之不堅持之既堅而多讀多作必有氣機大順之時氣機順而變化興焉變化之妙則非愚兄之本領所能盡知試爲弟懸構數語則古人佳文大抵必多所蓄何不平而含蓄不露意思稠疊而隨手包裹不礙於奔放著字數百而旁見側出之虛影不啻數千空明澄澈而

萬怪惶惑於其間此皆可遇而不可求熟於古人之文境可以先機影射而四達爲之羅亦不能知其必獲否也所尤難者在乎爲讖王侯將相而敬愼不渝與下輩鱻解文字縱情牢騷者判若天壤文章雖極詼謿而定有一種淵穆氣象望而知爲儒人之盛業與雜家小說不同此則所謂胷襟不至豪傑不足談古文德器不類聖賢亦不足以俯笑一世耳吾弟高明之資去前兩病易而愼此爲尤難故首戒焉珍重不宣

與張幼樵論不應舉書

承以觀古書之法批評拙著時文慙惶不敢當爾時輒爲書謝不果以獻書問談此爲笑耳比承再使往還索所謂圈識塗乙之稿而當世卒忸怩不以將去其可笑之故諒蒙鑒原至疑其

浙西徐氏校刻

書必談經論學則鄙私愈益惶恐不得盡如雅懷而或遂援泛辭奉酬則亦自以爲可省也所以云云者乃緣旣談舉業又不入場一昔奉覽之家書或權辭而未盡懼相國不答謬許其忠於所事而他人直謂其壹意以求官又頗知我者則不謂其高即疑其憤都非鄙心耳當世自二十歲不與於學政之試則不復致力於時文遇有故而後作亦歷年而頗殊或頗以自驗其盈虛而幷未嘗留心於得失遇試輒試更無牢騷或將引而下之乎則向來固不習於斯抑或推而上之使斷然自爲一家乎則曩者亦無是志也竊觀於今日之執益不特時文之未流處於當廢即士大夫間所傳之古學亦必且有中曠之一日而更待百年而後興此在深心遠測者類能言之苟有宏德君子究

心於前往而開化於來今乘吾之敝而斟酌其孰去孰留斬然
定爲一代大經不令後世無識庸夫有所偏重此謂當時會而
爲其難則不至於勢極而翻蕩然失其所守甚盛之業非公等
未足以云也至如當世等輩硜硜之才不能改趨於有用之途
而仍退然自畫於無用之地此眞所謂臨敗可笑之人也知不
復有輕重於世而莫能瞋其少小之業偷爲一身之娛及乎濡
於此者既久而亦不免愛惜珍護之意膠葛於其胷便欲譔著
文字留俟百年之爭以爲中國聖人之道等而下之至於吾儕
之所爲乃亦有其不可廢者如此耳夫明知其當廢而亦且爭
之以爲此乃凡民血氣之勇所當然又不自量其爲何如人而
强與於爭之數焉者以爲此亦凡爲秀才者所有事也一國有

一國之所私一家有一家之所私苟有所守出而爭之從古聖
賢不以爲怪也當世自從讀書識時務不可奈何而謀所以但
娛其身者若此故此外皆不復措意遊談十年而產不進不以
爲貧九試不得一科不以爲賤惟獨病幾沒身不能不懼而因
此廢試亦不以爲高且固不自今日始也其所以忝然陳於家
君而家君亦每聽之者此亦前此所謂一家之所私不可同於
衆人者爾人莫不重其先世貴者曰吾欲繼家聲崛起者曰吾
欲表其先人之隱德寒家顯於郡國者四百餘年而載在志書
者六世有文集不可謂崛起矣顧自先光祿卿一人之外前後
十餘世世世爲諸生無一人得與於科第之數者讀其文則尚
不能及而至於得失之際必欲淩出其上焉有是理乎是以先

曾王父歲試一二次繳還衣巾先王父至五十之年亦不復應舉家君自甲子後即不復提籃入場習而安之由來已久不似貴人子弟期於必得而單門窮子生死於其間也乃者家君命攜先集北來以暇審誦之姑爲簡鈔數十卷付刊子孫不當去取先人而浩無刊貲亦不得不出於此此事甚大故尤不得不自惜精力而不肯浪費時日耳相國未宜瀆籍足下一轉覽之何如當世頓首

范伯子文集卷第三